Erfahrung ist fast immer eine Parodie auf die Idee.

Johann Wolfgang von Goethe

Für Claudia, Luise und Axel

Hans Serner

Theodor Fontane und Gustav zu Putlitz

Erfundene Anekdoten und Anderes

von, über und zu Fontane

in 3 Fontanalogien

Bibliografische Information der Deutschen Nationalbibliothek:
Die Deutsche Nationalbibliothek verzeichnet diese
Publikation in der Deutschen Nationalbibliografie; detaillierte
bibliografische Daten sind im Internet über http://dnb.dnb.de
abrufbar.

Umschlag: TamaraTrölsch,
unter Verwendung einer Illustration des Autors
Für die Illustrationen wurden ausschließlich gemeinfreie und
private Bilder verwendet.

Verlag: BoD · Books on Demand GmbH, In de Tarpen 42,
22848 Norderstedt

Druck: Libri Plureos GmbH, Friedensallee 273, 22763
Hamburg

ISBN: 978-3-7597-6025-8

INHALTSVERZEICHNIS

VORWORT

Das Jahr 2019 war das Jahr, in welchem sich Theodor Fontanes Geburtstag zum 200. Mal jährte. Noch 5 Jahre danach kann man – zum Beispiel im mit ihm verbundenen Ribbeck – noch sehen, wie er gefeiert wurde. An dem, was von diesem Geburtstag übrig geblieben ist.

So manches davon vermag sogar noch das Neuruppiner Ampel-Fontanechen an Tiefe der Auseinandersetzung mit Fontanes Werk zu unterbieten. In erwähntem Ribbeck – zum Beispiel – allerdings in unmittelbarer Nachbarschaft zu Geschenken, zu denen in der Regel mehr Worte verloren werden (können) als nur: „Kunst, eben!" Die sind aber auch schon älteren Datums.

Betrachtet man die 2019-er Geburtstagsgeschenke, so fällt immer wieder ein Bemühen auf zu zeigen, dass man von des Meisters Werk durchdrungen worden wäre wie ein Frühstücks-Brötchen vom Zuckerrüben-Sirup, dass man es aufgenommen habe oder sich angezogen.

In Neuruppin wurde ein Bildnis Fontanes, eingerahmt von Messer, Gabel und Esslöffel, mit der Unterschrift „Fontane's Grill und Curry" aufgehängt. Unbedingt mit Apostroph!

Ein Dresdener Lehrer war, womöglich weil er Birnstengel hieß, zum Sammler kunstgewerblicher Nachbildungen von Birnen geworden, und zwar jeden Materials. Er reiste nun mit dem Vorschlag an, seine Sammlung doch in Ribbeck zu lagern. War er des Putzens leid oder war es die Idee seiner Frau?

Eine Malerin malte eine grüne Birne überlebensgroß vor grauleerem Hintergrund ab, rahmte das Ergebnis und schenkte ihre Birne den neuen Schlossherren. Keine beachtenswerte Geste?

Die Rathenower Briefmarkensammler konnten einander in das Kulturzentrum Rathenow einladen, um Marken mit Fontane-Portraits oder -Sonderstempeln zu tauschen. Ob auch andere Marken getauscht wurden, ist nicht überliefert.

Am Bahnhof West in Neuruppin wurde eine neu gezüchtete Rosensorte auf den Namen „Theodor Fontane Rose" getauft. Warum jedoch ohne Bindestriche, wurde nicht erklärt.

Ein Seminar im Klosterstift Heiligengrabe versprach, Bezüge aufdecken zu wollen, die es in Fontanes Werk zur Bibel gäbe. Sprich, Stellen, wegen derer zwischen jenem und dieser tatsächlich „vertiefende Zusammenhänge" existierten.

Es war ein Fest!

In erheiterter Ribbecker Runde fragten wir uns, wie es wohl aufgenommen werden würde, gäben wir fiktive Meldungen mit noch absurderen Inhalten an die Presse. Über sensationelle Entdeckungen zu Fontanes Person und Werk oder um noch groteskere Geburtstags-Aktionen anzukündigen.

Vorweg: Wir haben es nicht ausprobiert. Doch ich war angepiekst und begann, die einflatternden kuriosen Auswüchse zu parodieren - immer bemüht, sie zu überbieten. Es hätte Sie vielleicht an ein Käfer-Rennen erinnern können. Es war ein Spiel zum Spaß im kleinen Kreis.

Fast täglich erhielt ich neue Anregungen, an ein Aufhören war nicht zu denken. Bis eines Tages die Nachrichten nicht mehr parodierbar mit weit ausgreifenden Schritten an mir vorbeizogen. Da gab ich mich geschlagen.

Entstanden war bis dahin aber eine ganze Handvoll vergnüglicher Blütenblätter, die ich hiermit als satirisches

Spiegelbild jenes Jubiläums nun zu Ihrem Vergnügen sich in Ihre Hände legen lasse. Viel Spaß beim Lesen!

Hans Serner, Lindenberg, Mai 2024

Der Autor ist Jahrgang 1955, gebürtiger Berliner, Wahlprignitzer, Marionettenspieler.

Bisherige Veröffentlichungen:

2013 „Das Kehrbergische Wunderkind – Dokumentation einer Tragödie", Traugott-Bautz-Verlag. Ein Sachbuch über den jüngsten Prignitzer Wunderheiler.

2017 „Bertaldas Altar", Traugott-Bautz-Verlag. Sachbuch über die Bilder eines verschollenen Retabels.

2018 „Arminius Nero Spartacus – Drei Rebellen", Traugott-Bautz-Verlag. Satirische Neuerzählung dreier vermeintlich bekannter Biographien.

Ein Ausflug nach Danzig.

3640 Brück & Sohn, Meissen.

UNERZÄHLTE ANEKDOTEN

Fontane und zu Putlitz

Als der berüchtigte Theaterkritiker Theodor Fontane einer Einladung des berühmten Theaterschriftstellers Gustav zu Putlitz gefolgt und herzlich begrüßt worden war, fiel dem Kritiker sein Begrüßungspudding aus der Hand. Geistesgegenwärtig warf der Schriftsteller sofort zwei weitere Puddingschüsseln auf den Boden.

Frau von Putlitz ließ sich auch nicht lumpen und schnippste ihrem Gemahl mit dem Löffel einen Klecks Pudding direkt auf die Nase. Nun fühlte sich Theodor Fontane wieder an der Reihe. So entwickelte sich ein recht unterhaltsames Wettwerfen.

Als Theodor Fontane sich verabschieden musste, waren sich alle drei einig, dass sie unbedingt einander nochmal treffen sollten.

Der berüchtigte Theaterkritiker Theodor Fontane war einer erneuten Einladung des berühmten Theaterschriftstellers Gustav zu Putlitz gefolgt.

Als man dem Wein bereits ordentlich zugesprochen hatte, wollte der Schriftsteller einen Toast auf den Kritiker ausbringen, kippte jedoch, als er sein Glas auf ihn leeren wollte, dessen Inhalt vor seinem Mund aus und sich über sein gestärktes Hemd.

Ruhig lächelnd dem verehrten Gast bedeutend, dass dies überhaupt kein Problem darstelle, startete er einen erneuten Versuch. Nachdem dieser ihm aber auf die Hose gegangen war, schaute er an sich herunter und knurrte: „Unsitte!"

Als der berüchtigte Theaterkritiker Theodor Fontane einer weiteren Einladung des berühmten Theaterschriftstellers Gustav zu Putlitz gefolgt war, schlug der Schriftsteller dem Kritiker vor, doch einmal um die Wette Kartenhäuser zu bauen.

Als der Kritiker dabei war, bereits das dritte Mal zu gewinnen, beugte sich der Schriftsteller etwas vor, um jenem sein Kartenhaus umzublasen, fiel dabei jedoch vom Stuhl.

„Da haben Sie es!", ächzte der Schriftsteller.

Als der berüchtigte Theaterkritiker Theodor Fontane wieder einmal einer Einladung des berühmten Theaterschriftstellers Gustav zu Putlitz gefolgt war und man eben zu Tische saß, platzte dem Kritiker eine lederne Schuhschnalle weg

Der Schriftsteller wollte dazu gerade etwas bemerken, als ihm sein lederner Gürtel wegplatzte. Da klatschte Frau zu Putlitz begeistert in die Hände und rief: „Zweiter!"

Der berüchtigte Theaterkritiker Theodor Fontane war einer Einladung des berühmten Theaterschriftstellers Gustav zu Putlitz zum Wolfshagener Salon gefolgt.

In der guten Stube des Schlosses saßen Flotow, Gilded Age, Venedig und andere große Namen des Geist- und Kulturbetriebes gleichmäßig auf den Sitzgelegenheiten verteilt und tauschten sich untereinander aus. Während er dies gebannt verfolgte, fiel Theodor Fontane etwas Zigarrenasche auf den Teppich.

Da rief Gustav zu Putlitz: „Plumps!"

Als der berüchtigte Theaterkritiker Theodor Fontane einmal im Herbst einer Einladung des berühmten Theaterschriftstellers Gustav zu Putlitz gefolgt war, schlug der Schriftsteller vor, etwas auszufahren.

Der Kritiker war einverstanden und der Schriftsteller fuhr seinen Hals aus. Der Kritiker überlegte kurz und liess dies sein rechtes Bein tun. Er wusste, dass er für den nachfolgenden Spaziergang einen Stock parat hatte.

Der berühmte Theaterschriftsteller Gustav zu Putlitz und der berüchtigte Theaterkritiker Theodor Fontane trafen einander einmal auf einem Schiff.

„Das ist das Meer!", sagte der Schriftsteller.

„Das hoffe ich!", entgegnete der Kritiker.

Der berühmte Theaterschriftsteller Gustav zu Putlitz und der berüchtigte Theaterkritiker Theodor Fontane saßen eines Nachmittags im Wiener Café in der Berliner Schönhauser Allee.

Gustav zu Putlitz griff sich heimlich die Vossische, um unbemerkt einen Blick in die Theaterkritiken zu werfen. Doch so weit kam er gar nicht. Bereits auf der Titelseite wurde er von einer fetten Überschrift davon abgelenkt. „Hören Sie nur," rief er: „Bankräuber ohne Geld geflüchtet!" „Wie bitte?" Theodor Fontane, der aus dem Fenster gesehen hatte, wandte sich ihm irritiert zu.

„Steht da drin! Hammse nich jelesn?"

Theodor Fontane schüttelte den Kopf. „Es reicht ja wohl, wenn ich für das Blatt schreibe!"

„Nee...," stöhnte zu Putlitz, „wird doch immer schlimmer mit die Bankräuber!"

Der berühmte Theaterschriftsteller Gustav zu Putlitz war samt Familie bei Fontanes zu Gast. Man stellte einander vor. Da Fontanes mehr Kinder vorzustellen hatten, schob zu Putlitz seine hochschwangere Gattin mit zu den seinen rüber.

„Nanana," mahnte Fontane, „auf dem Wohnungsamt erhalten Sie damit nicht einmal einen Wohnberechtigungsschein!"

Gustav zu Putlitz erzählt

Wir waren einmal bei Herrn Fontane zum Kaffee eingeladen und saßen alle um einen großen Tisch herum, als er selbst mir eine Tasse mit Kaffee füllte und sie neben meinem Kuchenteller abstellte

Genau dort rieben sich aber die Kanten zweier Einlegeplatten aneinander - weil die Kaffeegesellschaft mit uns über die übliche Zahl angewachsen war, hatte man den Essenstisch ausziehen müssen - und die Tasse kippte um und aus, rollte vom Tisch und zerschellte neben meinem linken Fuß.

Weil nur selten so viel Besuch kam, standen die Einlegeplatten für den Tisch gewöhnlich im stets offenen Carport, und hatten sich verzogen. Frau Fontane bekam einen solchen Schreck, dass sie ihre Tasse gleich vom Mund herab aus ihrer Hand fallen ließ. So dass jene auch zersprang. Ich wollte die Tasse noch im Flug auffangen und stieß mit meiner rechten Hand Herrn Fontane, der noch wie versteinert neben mir stand, die Kaffeekanne aus den Fingern. Selbstverständlich ging die daraufhin auch zu Bruch.

Da schlug Herr Fontane mit der Faust derart auf den Tisch, dass das sämtliche restliche Geschirr hochsprang und ebenfalls kaputt ging. „Jetzt ist aber Schluss", rief er streng.

Bei einem Besuch überraschte mich Herr Fontane, als ich ihn dabei überraschte, wie er einen Kronleuchter an die Decke des Salons klebte. „Ich klebe Alles an," sagte Herr Fontane. „Wenn es abreißt, kann man es wieder ankleben!"

Wenn Herr Fontane seinen Mantel trug, trug er ihn offen, und seine linke Hand in der Hosentasche.

Trug er seine Jacke, schlug er deren Kragen hoch.

„Es ist immer dasselbe," sagte er zu mir einmal. „Und wenn Sie mich jetzt fragen würden, was ich gerade trüge, könnte ich es Ihnen, ohne mich noch einmal zu vergewissern, sofort sagen. Aber nicht etwa deswegen, sondern, weil ich ja wohl mitkriegen sollte, was ich anziehe.

Aber ist es nicht seltsam, dass das Eine mit dem Anderen so gar nichts zu tun hat?"

Theodor Fontane betrieb an den Wochenenden auch sehr erfolgreich ein Handpuppentheater. Es diente nicht nur der Kinderbelustigung, sondern schonte auch die Hände.

Als er sich nun aber einmal in der Woche den Kasper auf die Hand ziehen wollte, biss der ihm in den linken Daumen.

Daraufhin musste Theodor Fontane den Daumen aus dem aktiven Dienst entlassen. Was allerdings mit allen Ehren geschah.

Ich traf Theodor Fontane einmal mit seiner Katze auf dem Schoß im Garten an. Er kraulte die Katze zwischen den Ohren und sagte zu mir: „Wenn die Katze denken könnte, würde sie denken, dass die Hühner die Sonnenbad-Wannen für sie in den Sandhaufen scharren. Da sie aber nicht denken kann, denkt sie das einfach so."

Theodor Fontane besteigt im Astronautenkostüm die erste Mondrakete.

Einmal sagte Fontane: „Nun stellt Euch vor, es gäbe ein Leben nach dem Tod! Ich wachte wieder auf, und sähe, vielleicht von der Zimmerdecke aus, den Arzt meinen Tod feststellen – ich kriegte doch gleich einen Herzinfarkt! Was soll das werden? Ein endloses Sterben? Das könnte Euch so passen!"

Wir saßen alle bei Fontanes in der Küche, da lief plötzlich ihr Hund aus dieser hinaus und in den Garten. Ihm fehlte ein Bein. „Er will nachschauen," erklärte Fontane, „ob er es gefressen, oder nur vergraben habe. Das Letztere wäre allerdings fatal für ihn."

Theodor Fontane hatte immer zwei Taschentücher einstecken. Eins für gut und eins für die Nase.

Nachdem Theodor Fontane von einem Freund gehört hatte, dass der russische Autor Anton Tschechow seine neuen Texte immer zuerst einmal einem alten einfältigen Weibe vorlesen würde, um zu erfahren, ob sein Text die nötige Klarheit in allem besäße, suchte Herr Fontane lange Zeit nach einem eigenen alten einfältigen Weib, bis er endlich eines gefunden hatte.

„Es war eine harte Schule", sagte er mir.

Konnte er mit seinem Text nicht zu ihr durchdringen, beendete sie seine Lesung, indem sie ihre Katzengedichte - „moralinsaures Gefabel" - aus ihrem Strickkorb hervorkramte und ihm „gnadenlos" vortrug.

Damit ihre Kätzchen noch was Vernünftiges zu hören bekämen. Und er auch wieder mal.

„Ich wurde ganz schnell gut", sagte Herr Fontane.

In mein Buch mit Kasperlstücken schrieb mir Herr Fontane folgende Verse unter seine mit abgedruckte Kritik zu dem Stück „Kasper und die Prinzessin von Tulipan":

Links an der Insel Tulipan,
da klebt aus Kau ein Grummi dran,
und wie der ächzet, wie der schwitzt!
Wenn jetzt die Möwe mich stibitzt,
was fängt das arme Tier nur an,
weil sie doch gar nicht Kauen kann?

Bei einem Besuch zeigte mir Herr Fontane seine Bibliothek.

„Wieviele Bücher haben Sie?", fragte ich ihn. „Die und noch zwei theologische Bücher. Ein männliches und ein weibliches. Ich habe sie in ihrer Ausgabe als Laufenten gekauft und lasse sie im Garten laufen. So fressen sie die Schnecken und nehmen mir mit dem Baden im Gartenteich das lästige Staubwischen ab."

Im Sommer ´62 waren wir in Pisa. Lange stand Fontane reglos vor dem schiefen Turm. Dann kratzte er sich am Hinterkopf und murmelte: „Au Backe!"

Emilie Fontane hatte einen Traum

Frau Fontane hat von Bernhardt, ihrem Nachbarn, geträumt.

Bernhardt ist Rentner, was für ihn allerdings nur heißt, dass er nicht mehr in seiner alten Firma arbeitet. Wenn Frau Fontane draußen ist, steht er irgendwann am Gartenzaun und gibt ihr gute Ratschläge.

„Wenn ich mein Obst einwecke," sagt er, „tue ich immer ein Stück Kohle mit ins Glas."

Frau Fontane macht das nach. Bei der nächsten Begegnung fragt sie ihn jedoch: „Wozu ist das eigentlich gut?"

„Dann gehen die Gäste schneller," schmunzelt Bernhardt.

Frau Fontane ist entsetzt: „Ich esse das eingeweckte Obst aber selbst gerne!" Jetzt guckt Bernhardt ehrlich erstaunt: „Ach so?"

Ein anderes Mal träumte Frau Fontane, dass der Verleger der „Vossischen" zu ihnen zum Kaffee gekommen wäre, um mit ihrem Mann über ein höheres Honorar zu reden. Eigenartigerweise hatten sie einen Hund. Nur eine Promenadenmischung aber groß und mit einem Teddyfell, das einen zum Anfassen verführte.

Der Gast war offensichtlich ein Hundeliebhaber und verstand sich hervorragend mit ihrem „Bären".

„Passen Sie einmal auf!", unterbrach ihr Mann das Spiel der beiden, nahm seine neueste Theaterkritik und las sie dem Hund vor. Der schaute sofort zu ihm herum, setzte sich und schlug, begeistert hechelnd, mit dem Schwanz auf den Boden. „Ja, was", rief der Besucher, „was wollen Sie mehr Geld? Sie haben doch einen Zuhörer!"

Herr und Frau Fontane gingen gern gemeinsam spazieren. Wenn es ihnen ihre Verpflichtungen erlaubten. Und war es auch nur für ein kurzes Stück. Einmal schlug Herr Fontane vor: „Wir können denselben Weg ja morgen andersherum gehen!" Ob dies in einem Traum oder wirklich passiert war, wußte Frau Fontane später nicht mehr sicher zu sagen. Sie hatte dann gefragt: „ Damit wir es nicht merken, dass wir denselben Weg gehen?" Und Herr Fontane hatte genickt.

Weitere Anekdoten

Als das Pflänzchen Automobil-Produktion so weit gewachsen war, dass auch ein armer Dichter sich ein Automobil leisten konnte, erwies sich Theodor Fontane, auch zu seiner eigenen Überraschung, als ein begeisterter Kraftfahrer. Nachdem er den Motor angekurbelt hatte, sprang er hinter das Steuer, löste die Bremse und brauste los. Dabei machte er, übermütig wie ein Kind: „Brrm, brrm, brrm!" Die ganze Fahrt über! Weshalb über seine Ausfahrten auch nichts weiter berichtet wird.

Verehrer und Journalisten, die ihn in der Hoffnung begleiteten, die eine oder andere saftige Bemerkung zu Tagesereignissen oder Personen erhaschen zu können, wurden aber auch schon auf Kutschfahrten bitter enttäuscht. Fontane stieg jedes Mal sofort zum Kutscher auf den Bock und rief dort, sowie es los ging: „Hüah!" und „Galoppi!" Bis zum Ziel! Deshalb finden wir auch diese Fahrten in der Literatur nicht weiter erwähnt. Erst, wenn er wieder festen Boden unter den Füßen hatte, lorgnettierte er die Umgebung wieder.

Theodor Fontane saß gewöhnlich lange beim Frühstück, denn er las dabei die Zeitung durch. Ein Journalist, der um ein Interview gekommen war, fragte ihn, nachdem sie eine Stunde lang, ohne ein Wort zu reden, einander gegenübergesessen hatten, was er eigentlich von dem Artikel halten würde, den er dort gerade lese. Fontane sah hinter der Zeitung hervor und fragte ihn: „Wommem Wie miff mimm volm Mummb fipierm?"

Obwohl Fontane und der Londoner Arzt Dr. James Morris mit einander nie recht warm geworden sind, fanden dessen Patienten ab 1855 in seiner Praxis auf dem Ständer mit den Apothekenadressen dennoch die Aufschrift „In Fontane we trust".

Im Uckermärkischen wurde lange Zeit von einem Bauern erzählt, der einen nicht näher bezeichneten Roman Fontanes dafür nutzte, seine Kühe vom sogenannten Kuhhusten zu heilen.

Er war auf verschlungenen Wegen in den Besitz des einzigen in Karpfenleder gebundenen, handschriftlichen Exemplars der Erstausgabe gekommen, und gab, nachdem er es bei Vollmond mehrmals in eine Zinkwanne vorjährig geschöpften Osterwassers gestukt hatte, den kranken Kühen das von der Tinte gedunkelte Wasser zu trinken.

Tatsächlich soll sich der Zustand der Tiere danach gebessert haben.

Ob irgendwann aller Text abgewaschen war und er das Buch weggeworfen oder ob man es ihm gestohlen habe, darüber gehen die Berichte dann auseinander. Fest steht, dass er eines Tages plötzlich nach dem Tierarzt schickte.

Wenn es Fontane zum Ausspannen in die Natur zog, ahmte er, sowie er dort war, eine Hummel nach, um nicht von den Autogrammjägern erkannt zu werden. Und die Spatzen ließen ihn auch in Ruhe.

Als Theodor Fontane einstmals schmerzgebeugt im Wartezimmer eines Zahnarztes saß, erkannte ihn ein Leser der „Gartenlaube", die dort auslag, und die ihn anlässlich eines in jenem Jahr bevorstehenden runden Geburtstages mit einer Nennung und einem Stich würdigte. Der Herr schob die Zeitschrift beiseite, rückte neben ihn und reimte: „Is das so, wie ich das seh – tut Ihnen wohl ein Zähnlein weh?"

Fontane wies, so freundlich lächelnd, wie er konnte, auf seine angeschwollene Backe und nickte kurz. Sein Nachbar sah ihn noch ein paar Augenblicke lang erwartungsvoll an, bevor er „Aha!" sagte, sich wieder zurück setzte und sein Gegenüber irritiert fragte: „Wassn dis fürn Dichta?"

Ein Freund erzählte Fontane, dass Anton Tschechow seine neuen Texte immer zuerst einmal einem alten, einfältigen Weib vorläse, um zu erfahren, was er daran unbedingt überarbeiten sollte.

Fontane überlegte einen Augenblick, rief: „Moment!" und verschwand, sein Glück zu versuchen.

Er kam schon nach einem sehr kurzen Dialog wieder zurück, den Latz und das Gesicht voller Wischwasser.

Wenn man Fontane danach einmal auf einen Text Tschechows hinwies, winkte der jedesmal nur ab und knurrte: „Unfair!"

Im vormärzlichen Berlin des Jahres 1848 führten einige junge Leute bereits Aktionen für mehr Pressefreiheit durch. Der Apothekerlehrling Theodor Fontane schloss sich ihnen an. An diesem Tag stellten sie sich um den Neptunbrunnen herum auf, mit dem Rücken zu diesem, und warfen jeder mit fest zusammengekniffenen Augen ein Geldstück über ihre linke Schulter ins Wasser. „Drücken wir uns die Daumen!", flüsterte Theodor Fontane.

Theodor Fontane nahm 1848 auch an den Berliner Barrikadenkämpfen teil. Während Alles sich bewaffnete, eilte er mit einem großen Koffer hinter die nächste Barrikade. „Falls jemand mich erkennt, sollte ich genügend meiner selbstverlegten Bücher zum Signieren dabeihaben", erklärte der junge Poet seinem ihn begleitenden Freund.

Der Apothekergeselle und Untergrunddichter Theo „Die spitze Feder" Fontane beteiligte sich beim Köpenicker Fischzug regelmäßig am Wettangeln. Da er ausschließlich signierte Karten mit eigenen Versen, die er extra drucken lassen hatte, als Köder verwendete, war er jedesmal wieder der Verlierer. Denn gefangene Meerjungfrauen zählten nicht. Aber so lernte er seine Frau kennen.

Theodor Fontane hielt große Stücke auf eine klassische Ausbildung, wenn er junge Autoren unterrichtete. Wenn sich ein Schüler unglücklich ausdrückte, stemmte er die Hände in die Hüften und fragte: „Καί?"

Als Fontane in Kyritz einritt, zog man zwischen den Spitzen der St. Marien-Kirche ein handgemaltes, flatterndes Willkommensbanner mit der Losung „♥U!" hoch. Als er wieder hinausritt, winkte ihm von nämlicher Stelle die Fahne des FC Knatter-Hansa mit dem Vereinsslogan „Gut Holz!" hinterher. Doch Fontane blieb Kyritz seinen Teddy-Gruß schuldig.

Fontanes Gläubigkeit

Vater Fontane wollte, dass die Familie sonntags in die Kirche ginge. Der kleine Theodor wollte nicht mitgehen und trödelte beim Anziehen. Da stürzte der gewichtige Pfarrer der benachbarten Pfarrkirche „St. Marien" in die Löwenapotheke und musste sich erst einmal verschnaufen, so kurzatmig wie er war. Vater Fontane stand bereits im Verkaufsraum, fertig zum Kirchgang, und begrüßte ihn überrascht: „Schön, Sie zu sehen, Herr Pfarrer, aber müssten Sie nicht in der Kirche sein?"„Der Teufel braucht eine Predigt! Ich brauche dringend was gegen Zahnschmerzen!", heulte der gewichtige Mann. Der kleine Theodor sah zu seiner Mutter auf und flüsterte: „Schnell, lass uns Gott danken gehen!"

Theodor Fontanes Ausflug über die Elbe.

AUSGEFALLENE MELDUNGEN

Nostradamus sah „Wanderungen" vorher

Die zwölfjährige Kessrin Waffelschmidt, Schülerin aus Grubental, legte im Deutschunterricht ihrer Lehrerin mit dem Caput *„Sonstiges"* der *„Prophezeiungen des Nostradamus"* eine sensationelle Entdeckung vor, wie diese nach jener Interpretation folgender Stelle zugeben musste:

„Ich sahe einen prophetus/ welcher konte einen achsen abbrechen sehen/ weil der kutscher/ der vornen auf den pferden schlieffe/ die guten landkutschen umschmiesse/ und dahero bliebe/ wo er ware/ zu fürbringen allda kluge und nachdenckliche consilia/ daraus einen staat grosse ersprießlichkeit entstehen könne/ auf ein gut morale oder penible obeservation sich gründend."

Was Deutschlehrerin Fräulein Nießwundt, völlig eins mit ihrer Schülerin, im Interview unserer Agentur mitteilte, ist, „dass es sich bei dieser Prophezeiung fraglos um eine Vision der ‚Wanderungen' Theodor Fontanes handeln müsse, da bei Letzterem die Forschung ein Herumfahren desselben ja schon immer angezweifelt hätte."

Der Unterschiedt von „*n*" und „*k*"

In dem kleynen russischen Dorff *Grinsny* ist man auff *Theodor Fontane* nicht guht zu sprechen. Eyn kleynes Gedichtt von seyner Handt nimt man ihm uebel. Der „*Dichterr*", wie man *Theodor Fontane* in *Grinsny* nennt, fandt sich nach den Märtz-Unruhen 1848 auff der Flucht auss *Berlin* vor der Königl. Preuss. Polizey, die ihn nach *Sibirien* abschieben wollte, ploetzlich hinter der russischen Grentze wieder. Auff Grundt der ab gefeuerten Gewehr-Schuesse waren die Pferde seyner Kutsche durch gegangen, undt erst in dem kleynen russischen Doerffchen gelang es dem Kutscher, sie zum Stehen zu bringgen. Voellig erschoepft, blieb man ueber Nacht dortt, bevor man wieder in heymischere Gefylde zurueck kehrte. Der Dichter nutzte die Zeyt des sinkenden Tages-Lichtes, an den nahe flieszenden Bach zu gehen undt fuer seyne Kynder auss drey Zweygen eynes knorrygen Birnen-Baumes, der dort voellig verlassen standt, Pfeyffchen zu schnitzen. Auff gewuehlt von den Ereygnyssen der letzten Tage undt ueber rascht von der unerwarteten Idylle, hat *Fontane* eyn kleynes unschuldyges Gedichtt verfasst undt bey seynen Wirts-Leuten als Dankeschoen hinterlegt. Dieses verbreytete sich sehr schnell in *Russland,* wurde auch bald vertohnt undt eyn Vollks-Lied, bekanndt unter dem Titel „Standt eyn Birken-Baum am gruenen Rayne"[1]. Es schyldert nach Ansicht des Lyterathur-Wyssenschafftlers Prof. Dr. Dr. lies. *Halmburg Hamm*, der ueber diesen Ausflug forscht und auch promovirt hat, den Auffenthalt *Fontanes* in *Grinsny,* und stellt nach seyner Ansicht selbst die vierte Fidel dar, die die Ich-Persohn schnitzte, da *F.* ansonsten das erste undt eyntzige Mal in seynen Berichten uebertrieben haben wuerde.

Dazu, wie es zu dem schlechten Verhaeltnuß der Bewohner *Grinsnys* zu *Theodor Fontanes* Versen kam, spielte Prof. Dr. Dr. lies. *Hamm* unserem Redakteur Nummero 2 seyner Feldt-

Studien vor, die er vor Ort auff eyne Wachs-Waltze hatte auff nehmen koennen:

Bauer (*trinckend*):

„Von Tanne-Lied? Oh, singen offt Pjeßjenka: Malenkoi Jolotschka cholodna Simoi. Is Ljeßu Jolotschku wsjali mui damoi."

Baeuerin (*sonnenbluhmenkauendt*):

„Durak! Idi ßjuda! – Chabe getroffen, Dichterr *von Tanne*. Warum sagen Birken-Baum fier Birnen-Baum, chaben gefragt. Nu, tragen damals in Maertz keyn Birn, sagen Dichterr, chaben brechen kjonnen nuhr Zweygen – mehr nicht. Undt weyll in Mitterschen *Russland* gewehnlich stehen Birken all ieberall, machen Birne zu Birke undt also mit Gedichtt Chimne auff Mitterschen. Als eyn Dankeschjon. Bitte! Chaben wir noch einen Chimne, aber keyn Mensch kennen Birnen-Baum von *Grinsny*! Kennt gantze Wjelt nuhr Birnen-Baum in Dorff *Ribbeck*, obwohl ist viel mehr selten Birnen-Baum chier!"

Aus *„Abendstunden des deutschen Kunst-Freundes"*, Berlin 1894, Bd. 4, 2
[1]Volltext siehe Apparat Hamm, *„Sammlungen"*, Bd. 6!

Fundstück

Wie Sie, sehr geehrthes Fraeulein Studienraethin Dr. Schmoekel, dem Klassenbuch auf Seite 3 entnehmen koennen, wohnt unsere Familie in dem schoenen Prignitzdorff Rosenhack.

Wir wohnen dort alle zusammen in einem groszen Bauernhaus. Wir wohnen unthen, Groszvather untherm Dach. Wenn er seine Minuthen hat, koennen wir ihm schnell die Leither wegnehmen.

Ich war schon offt in seinem Zimmer. Vom Deckenbalken oberhalb der Ottomane haengt ueber die tapezierthe

Lehmwand herab ein groszer Bilder-Rahmen, hinter dessen Glas eine alte Photographie zu sehen ist, auf welcher mein Groszvather in seinen jungen Jahren zusammen mit einem Fohlen und einem fremden Mann auff unserer Koppel steht. Ich habe mich immer wieder gefragt, wer dies wohl gewesen sein koennte.

In der letzten Stunde jedoch hat unsere ganze Klasse diese fremde Mannspersohn von Ihnen, sehr geehrthes Fraeulein Studienraethin, kennengelehrt erhalten. Vielen Dank dafuer! (Anmerkung der Lehrerin: Bittesehr!)

Ich habe ihn sofort wiedererkannt. Jener Herr neben meinem Groszvater ist kein anderer als der selbe beruehmthe deutsche Dichter Theodor Fontane, von dem Sie letzte Stunde erzaehlt haben. Mein Groszvather bestaetigthe mir gestern auff meine Frage hin auch soviel, dasz der beruehmthe deutsche Dichther bei ihm, dem Dschonny Kunkel aus Rosenhack in der Prignitz, einmal zu Reithen versucht habe.

Als einem Anfaenger gab mein Groszvather ihm ein Fohlen, das noch fusselte, damit er nicht so tieff fiele, falls es ihn abwuerffe. Doch er fiel nicht, sagte mein Groszvather, und er wisse noch bis heute, was der Herr Dichter Fontane danach gesagt habe: „Phh thththh pah!"

Aus einem Brandenburgischen Schulaufsatz aus dem Jahre 1904

Rezension

Almut Bart-Schnippler, *„Fontanes Prignitzer Ritt"*, Verlag Öse, Naurupf 2013

Die renommierte Germanistikprofessorin und Fontane-Spezialistin Frau Prof. Dr. Almut Bart-Schnippler vermag in ihrer jüngsten Publikation überzeugend darzulegen, dass Theodor Fontane nicht nur stets bereit war, sich zu allem und jedem zu äußern, sondern dass er seine Bonmots auch für einfache Menschen verständlich und einprägsam auszuformulieren verstand. Frau Prof. Dr. Bart-Schnippler baut ihre Untersuchung auf der verifizierten Notiz des Hobbyforschers Karl Gustav Hellsicht auf, in welcher dieser notierte, was Theodor Fontane, nachdem er einmal auf dem fusselnden Fohlen eines Prignitzer Bauern reiten gedurft, diesem gesagt habe. Denn das konnte ihm von diesem noch dreißig Jahre später wortwörtlich wiedergegeben werden. Nämlich: *„Phh thththh pah!"*

Genehmigtes Zitat aus „Blabla blue", Der Literaturzeitschrift für Literaten, Blaue Verlagsanstalt Berlin, Jahrgang 2013, Heft 8/ 3

Der Kongress tanzt

Der gestrige erste Tag des Jahreshauptkongresses Deutscher Literaturnomenologen beschäftigte sich mit dem Titel des Romans „L´adultera" von Theodor Fontane.

Bisher ging man in Forscherkreisen gewöhnlich davon aus, dass der Titel der deutschen Lesart „Die Ehebrecherin" entsprechen, und sich Fontane mit seinem Buch auf ein gleichnamiges Bild Tintorettos beziehen würde.

Das könne nun aber schon deshalb gar nicht sein, gab die Eröffnungsrednerin, Frau Prof. Dr. Dr. Juchten, in ihrer Rede zu bedenken, da das Bild gar nicht von Tintoretto, sondern von Rottenhammer gemalt worden wäre. Ihr Kollege und Mitarbeiter, Herr Prof. Dr. D.-R. Juchten, legte anschließend im ersten Vortrag der Veranstaltung nahe, dass man viel eher zwei andere Begriffe diskutieren sollte, die Fontane abgeleitet haben könnte. Nämlich, erstens, entweder das lateinische „ad usum – zum Gebrauch", was dann als ein fontanetypischer Verweis auf die Nützlichkeit der Lektüre seines Werkes verstanden werden könnte, fontanesch humorig dargereicht, oder, zweitens, „Adulär bzw. Adular, auch Eisspat genannt", eine besondere Form des Orthoklases, weil dieser Roman vom Meister seinem bisherigen Euvre gewissermaßen als ein erster Schmuckstein aufgesetzt werden konnte.

In der anschließenden Abstimmung stimmte man einheitlich dafür, dass Genanntes zwar für beide Ableitungsmöglichkeiten spräche, aber dass die Auffassung, dass der Titel von den „Äduern oder Aduatikern" abgeleitet sein könnte, die zwischen Loire und Saône beheimatet gewesen, und Fontane damit vielleicht auf seine hugenottische Abstammung verweisen gewollt, zuerst dagewesen wäre.

Im Gastbeitrag erläuterte Hobby-Heimatliteraturnomeno-loge Zahnarzt Dr. led. Leuchting aus Schnabelow, bekannt aus der Fernsehsendung „Ihre Klappe", nach einem nur siebensilbigen (!) Grußwort seine Herleitung des Titels von „adult – erwachsen". Er begründete ihn mit dem ihn beim Lesen beschleichenden Gefühl des Verfassers, endlich für einen Roman reif gewesen zu sein. Die Begründung für das weibliche Geschlecht des Titels würde er im Dualismus von Autor und Werk suchen. Dass der nämlich in jenem gegipfelt haben könnte, falls der Autor, als Mann, sein Werk als weiblich begriffen, lautete seine These.

Heute steht auf dem Kongress-Programm der berühmte „Nomenologenball".

Am morgigen Tag steht vormittags die Untersuchung dessen, was Fontane nie als Roman-Titel verwendet haben würde, von Frau Dr. Leuchtig auf der Tagesordnung – vor dem schon mit Spannung erwarteten Abschluss des Kongresses.

Dichter s Pegasus

Nachdem Theodor Fontane auf dem Hofe eines Prignitzer Bauern mit einem sehr fusseligen Fohlen seinen ersten Reitversuch unternommen hatte, sagte er: *„Phh thththh pah!"* Es blieb sein einzer Reitversuch.

Aus dem „Westprignitzer Anekdoten-Wägelchen" von Humpen Dörper, Neu-Wagenichts 1927

Unveröffentlichtes frühes Gedicht entdeckt

Unter den Autographen der ersten Gedichte Theodor Fontanes, einer in zwei Kartons farblich sortierten Zettelsammlung im Fontane-Archiv, fiel der Chinesischen Fontane-Forscherin Dr. Lang Koln Leis (sprich: Langkolnleis) aus Shanghai ein Gedicht in die Hände, das in keiner der publizierten Sammlungen jener bisher enthalten ist. Es handelt sich um das letzte Blatt mit der Inventar-Nummer 37 im zweiten Karton. Dr. Lang Koln Leis nennt den Grund dafür völlig „lätselhaft". Umso mehr, da sie in den anderen originalen Aufzeichungen und Korrespondenzen Fontanes keine einzige Begründung dafür entdecken konnte, warum es nicht in die Gesamtausgabe seiner Lyrik hätte gegeben werden sollen. Die Fontane-Forscherin nennt seine Form, die es deutlich aus allen anderen Gedichten, die von Fontane selbst für den Sammel-Band seiner ersten Verse zusammengestellt wurden, heraushebt, den wagemutigsten Versuch des damaligen Apothekergesellen, sich zu artikulieren, und eine prophetische Vorwegnahme sowohl

Bennscher Medizinergedanken-Lyrik wie auch Schwittersscher Zahnarztbesuchs-Lautpoesie. Wofür es letztlich eher stehen könnte, würde bestimmt die erst noch zu rekonstruierende historische Lesart klären, sagt Dr. Lang Koln Leis. Es mutet an wie ein Rezept, das sich zufällig zwischen Lyrikblätter verloren, doch genau gerade das mache seine Originalität, das Revolutionäre von ihm aus. Nach ihrer Überzeugung würde es sich hier entweder um eine Beschreibung unerwiderter Liebe oder einer leichten Gastritis handeln. Besonders eindrucksvoll geschildert in den folgenden Zeilen, die beispielhaft für die einzigartige Form des gesamten Gedichtes stehen mögen:

„100 ml Flüssigkeit zum Einnehmen
6,69 g Dickextrakt aus Thymiankraut (1,7 – 2,5 : 1)
Zul. - Nr.: 86104. 00. 00
PZN – 09892916"

Es sei hohe Zeit, eine ergänzende Neuauflage des Poesiebändchens herauszubringen, schließt Dr. Lang Koln Leis ihren Artikel in „China lies".

Manuskriptfund: Ernstfall geprobt

Landkreis verbessert Management zur
Manuskriptentdeckung im Fontanejahr

Der Landkreis Ost-Prignitz/ Ruppin verstärkt seine Vorbereitungen zum Finden eines bisher unbekannten Manuskripts von Theodor Fontane.

„Akut besteht kein aktueller Anlass zum Handeln, aber mit einem Manuskriptfund sollte in Fontanejahren jederzeit gerechnet werden", so Kreisamtsarchivleiterin Ernstine Krambold. Gemeinsam mit dem Großraum Berlin, der Stadt Swinemünde und der Task Force des Landes Brandenburg führte der Landkreis Prignitz am vergangenen Mittwoch die Manuskriptentdeckungsübung „Fontanemond" durch. Im Raum Groß-Berlin und der Stadt Swindemünde wurde gemeinsam ein Übungsszenario entworfen, um die praktische Vorgehensweise von der Einfassung von Verdachtsgebieten über die Entdeckung und Bergung eines Fontaneschen Manuskriptes bis hin zur aktiven Suche weiterer Teile zu erörtern und zu üben.

Involviert in diese Tagesübung waren zusätzlich zu beiden Kommunen auch das Zollamt, die Gleichstellungsbeauftragte mit dem Landnahmebuch, der Sachbereich Brand- und Katastrophenschutz, der Rechtsschutz, die Volkshochschule und der Ethikrat des Landkreises. „Jeder kennt seine Aufgaben, aber das Zusammenspiel so zu koordinieren, dass es läuft wie geölt, muss schon einmal geübt werden", erklärte Ernestine Krambold unserer Redaktion. Dafür lieferte „Fontanemond" wertvolle Einsichten und Ergebnisse für alle Beteiligten.

So ging es zum Beispiel um die genaue Erfassung eines angenommenen Fundortes von unbekannten Fontane-Manuskripten mit verschiedenen Messtechniken wie Winkelmesser und GPS, die entscheidend für den weiteren Handlungsbedarf und die Aktivierung von Kräften und Helfern wäre. Hier konnte sich das vom Landkreis Prignitz geliehene Geoinformationssystem sehr gut bewähren.

Weitere praktische Fragen wie das Bergen der Manuskripte in schwer zugänglichen Gebieten, das Absperren der Kernzone, das Akquirieren von zusätzlichem Personal oder das Einrichten von stationären Sammelstellen im Verbund mit mobilen Lösungen, um Transportwege zu vermeiden, spielten an diesem Tag eine große Rolle.

„Die Übung ist äußerst konstruktiv verlaufen", so die Wertung der Kreisamtsarchivleiterin. Das Verständnis und das Zusammenwirken der verschiedenen Bereiche und Institutionen habe sehr gut geklappt. Äußerst förderlich waren die Anregungen und Erfahrungen der Vertreter der Ordnungsämter, die praktikable Ideen zum Beispiel bei der Manuskriptverwahrung einbrachten. Fontanes Nachlass sei gesichert.

Eine Birne sagt mehr als tausend Worte

In diesem Jahr wird in Werder Theodor Fontane mit einem Bunten Birnenkostümfest geehrt. Die Gärtnerei-Hausband hat extra dafür ein Lied gedichtet und komponiert, das sie zur Großen Polonaise zur Premiere bringen wird. Im Text heißt es: Ob Bübchen oder Dirne, heut bist du eine Birne! Die Künstler würden sich wünschen, dass der Text in Birnenform gesungen würde. Prämiert werden die schönste, die größte und die birnigste Birne, sowie – nach 22 Uhr – the sexiest pear. Der Refrain der Polonaise wird dem letzten Wettbewerb dann extra angepasst sein. Den genauen – bisher geheimen Wortlaut – werden nur volljährige Teilnehmer erhalten.

Das Perleberger Stadtmuseum hat Anfang dieses Monats von einem anonymen Bad Wilsnacker Spender für eine nicht genannte Summe wahrscheinlich den einzigen erhaltenen Baby-Schnuller Fontanes übereignet bekommen. Nach der

Überprüfung von Alter, Zusammensetzung, DNA-Spuren, Belastbarkeit, Geschmack und Halbwertzeit in den Laboren der KMG-Kliniken und dem Wiegeraum der Pritzwalker Ausbildungsgaststätte für Hebammen ist der Schnuller zwar nicht mehr ausstellbar, aber die Literaturwelt darf sich auf Grund seines Fundortes womöglich doch gewiss sein, dass Theodor Fontane unter Umständen als Baby vielleicht einmal in der Prignitz gewesen oder zumindest irgendwo mit einem Prignitzer seines Alters zusammengestellt worden sein könnte. Oder einer Prignitzerin.

Um die Mark Brandenburg als Objekt seiner Wanderungen an den Ehrungen teilhaben zu lassen, machte die Regierungs-Sprecherin heute, beim Mittagessen, im Brandenburgischen Landtag den demokratischen Vorschlag, in Bibliotheken und Buchhandlungen beim Entleihen bzw. Erwerb eines Werkes von, respektive über Theodor Fontane doch eine Jubilier-Maut für das Land zu erheben und das betreffende Buch auch gleich erkennungsdienstlich erfassen zu lassen. Dass die Maut allerdings keine neue Steuer sein sollte, wurde von ihr, beim Kompott, ausdrücklich betont.

Der Neuruppiner Polo-Club „Theodor" und der Alt-Ruppiner Polo-Verein „Rosinante" haben aus Anlass des Fontane-Jahres 2019 ihr diesjähriges Turnier als Show-Wettkampf unter dem Motto „Effi Briest" veranstaltet. Die Reiter ritten in verschiedenen Kostümen, die die unparteiische Schneiderei Walther aus Rüthnick gefertigt hatte, und stellten die Helden des Fontaneschen Romans dar. Das entscheidende Siegestor schlug Mutter Briest (dargestellt von der Alt-Ruppiner Vereinschefin, dem Frl. Monika Schurfke-Bassnuppe aus Wuthenow) nach einer wirklich spannenden Partie auf Blauer Morgen in der vorletzten Spielminute für die Familie Briest.

Die Kulturhistorikerin Frau Dr. Eline Plural war nach eigenen Worten überhaupt nicht darauf gefasst gewesen, bei ihrer Arbeit auf den Dichter, Publizisten und Schriftsteller Theodor Fontane zu stoßen.

Bei ihrer Sichtung des wissenschaftlichen und privaten Nachlasses der Thanatologin Frau Prof. Dr. Brunhilde Astrainer, einer emeritierten Lehrstuhlinhaberin an der Online-Universität der evangelisch-lutherischen Kirche, fand Frau Dr. Plural in einer mit *„weg!"* beschrifteten Pralinenschachtel, die überquoll von handbeschriebenen Zigarrenbinden, - Weinkorken, - Servietten, - Zeitungsrändern, - Fahrkarten etc. auf einer Speisekarte eine Notiz, welche von dem zu Hilfe gerufenen Literaturhistoriker sofort als ein Dokument, das für die dringende Notwendigkeit einer völlig neuen Sicht auf das Werken und Wirken Theodor Fontanes spräche, interpretiert wurde.

Es handelte sich bei der Speisekarte um eine des Restaurants der ehemals Saldernschen Nasseburg, die bis heute bei den alljährlichen Mittelalterspielen als eine barocke Karte angeboten wird.

Als Frau Prof. Dr. Astrainer (wie sie in ihrem Tagebuch 4 – dem Roten Tagebuch – dazu schreibt) im Restaurant der Nasseburg nach der sehr scharfen Suppe um ein Glas Rotweins bat, tat ihr der Kellner aufgelöst kund, dass er gerade erst, beim Nachschauen im aus dem 17. Jahrhundert von Küchenchef auf Küchenchef der Burg vererbten Kochbuch als handschriftliche Randnotiz zu des Kochbuchautoren Empfehlung von Wasser oder dunklem Bier zu dem von ihr gewählten Menü einen Satz des Dichters, Publizisten und Schriftstellers Herrn Theodor Fontane, nämlich die Mahnung *„Auf Suppen, starke Bewegung, auf Zorn und auf das Bad soll man nicht gleich trinken!"* entdeckt habe.

Es handelt sich bei genanntem Kochbuch um *„Des gehobenen Tisches Koch- unt Artzneybuch fuer sehr kuenstlich unt wohl zubereythende Ding"* des Benediktinermönches, Kloster- und später Landesfürstlichen Hofkochs Bruder Lakolus. Auf der Seite 123 unter dem Kapitel *„Wie man sich beym Essen unt Trincken verhalthen soll"* fand Frau Prof. Dr. Brunhilde Astrainer zitierten Satz auch selbst vor. Der wäre deshalb so überraschend gewesen, da ihr das gesamte vom Kellner umgehend herbeigerufene Personal Stein und Bein schwören konnte, dass Theodor Fontane zu Lebzeiten nie weder in der Nasseburg noch in deren Restaurant je bedient worden wäre.

Dass der typisch oberlehrerhafte, und damit eindeutig Fontanesche Kommentar dem Kochbuch handschriftlich eingefügt worden war, war eine Tatsache, und die andere, dass der Dichter, Publizist und Schriftsteller das Buch bei keiner seiner Reisen und in nicht einem besuchten Archiv je vorgelegt und damit zu Gesicht bekommen hat, was nach dem zu Hilfe gerufenen Literaturhistoriker als gewiss angenommen werden darf, da er jenes mit seinen Apercus ansonsten mehr als nur ein Mal versehen hätte. Sicher, erst mit ihrer Bestellung des hohen Verstorbenen Aufmerksamkeit erweckt zu haben, schrieb Frau Prof. Dr. Astrainer mit fliegender Hand auf die Speisekarte: *„Fontane lebt!"*

„Wenn man Frau Prof. Dr. Astrainers Schluss folgt", schlussfolgert Frau Dr. Eline Plural in einem nicht beendeten, zweiseitigen Maschinenskript, das sich in einem für den Altpapierhändler zusammengebundenen Stapel von

Kaufhaus-Werbebriefen, ungelesenen Autogrammkarten, Knöllchen, Flugblättern verschwundener Parteien und gegen Gartenzeitungen eingetauschten Frauenzeitschriften fand, *„dass Fontane den Fontaneschen Satz selbst nachträglich dem Lakolusschen Buch nur übernatürlicher Weise eingefügt haben kann und dieserhalb auf noch nachtodliches Umgetriebensein seiner geschlossen werden muss, wofür auch die Rechtschreibung (starke statt starcke und trinken statt trincken) spricht, wenn wir also zugeben müssen, dass für den Eintrag nur ein Leben nach dem Tode infrage kommen kann, stellt sich die Frage nach den Fontaneschen Werken neu, ja, müssen wir vielleicht auch deren Anfänge noch vor seiner Geburt suchen!*

Eline, an der Stelle unbedingt gute Überleitung zur Kulturgeschichte finden! Oder vergessen!"

Greifen wir ihren Gedanken auf, Literaturhistoriker aller Länder, des Dichters, Publizisten und Schriftstellers Theodor Fontane Werken und Wirken fortan gänzlich ohne Ende zu begreifen, und zwar in beide Richtungen! Es lebt!

Aus dem Nachlass des Heimatliteraturhistorikers Pfarrer Walthersar Miez, Autor des Buches *„Die Syntax Gottes in Luthers Volks-Bibel"*

Aus dem neuen Duden

„in effigie" – Syn. für uneheliches Verhalten; siehe „Effi Briest", Roman von Th. Fontane

Der rasende Reporter.

Lesesteuer erhöhen

Um den Kauf von Fontaneschen Werken zu fördern – warf die Sprecherin der brandenburgischen Regierung beim freitäglichen Saunabesuch des Landesparlaments in die Runde – könne man doch die Mehrwertsteuer für alle anderen Bücher erhöhen. Die Oppositionsbank gab kurz zu bedenken, dass damit eventuell die letzten Notizbuchkäufer abgeschreckt werden könnten. Doch die Regierungs-Sprecherin mahnte, sich bei der Förderung von Bildung keinerlei Denkverbote aufzuerlegen. „Tun wir einfach," sagte sie, „was wir am besten können!"

Unbekannter Brief

Ein von der Bertelsmann-Stiftung bestallter Privatdetektiv konnte einen sensationellen Fund melden: Den Brief eines jungen Mannes aus dem Rheinland an Theodor Fontane in London. Sein Wortlaut lässt die Unsicherheit des jungen Mannes darüber, wie er ihn anreden solle, deutlich erkennen. Neben anderen Unsicherheiten.

„Highverehrter Mr. Fontane! I'm wending mir an Ihnen because of Mein very seltenen hobby. I'm sammling seit I lesen can the längest and the shörtest word from alle poets I know. Es would be riesig nett when You could schick me the längest and the shörtest word where You yeah gewroten. Thank You phon herzen in forraus."

Mit diesem Brief wandte sich das zwölfjährige Fährmann-Peterle aus Bonn an den großen Theodor Fontane in London, das später als Peter Fährmann „*Über den buchstabenunlastigen Zwischenraum zwischen dem längsten und dem kürzesten Wort des*

Brandenbürgers Fontane als deren Beziehung zu einander" promovierte, was es zu einem der gefragtesten Fontane-Sprachwissenschaftler seiner Zeit machte. Schreibt Briefe, war seine Botschaft an die junge Generation. Wie unsicher Ihr auch immer darin seid!

Unsere RBB-Reporter befragten Passanten in Neuruppin: Was sagt Ihnen Theodor Fontane?

Meine Mutter fragte mich immer: „Was hast Du eigentlich dagegen, auf eine Einladung, statt einfach nur gerne, *O gewiß[1], wenn ich darf* zu entgegnen? Das ist nett und du beweist damit zugleich noch Bildung. Das ist klassisch. Fontane, Effi Briest. Nämlich!"

[1] *alte Fontanesche Falschschreibung*

G.-H. Schalwels, Alt-Ruppinerin

„Woher wissen, dass Ohr an Statue ich gehalten? Mich beobachten? Vergessen das! Ich nicht von hier! Nix hören!"

die Dame entfloh

„Had´r nich ämal jesachd, imma hibbsch langsam mit die jungschn Färde? Nee? Nu, aba Rächd had´r!"

P. Fleischer, Touristin aus Dresden

„Zeignsie mal her! Den kennichdoch! Ausn Fernsehn! Der sieht doch aus wie der Pütz! Jaja! Den kuckich regelmeeßich!"

„Kein Kommentar!"

K. Kommentar

„Was mir der Theodor sage? Solche Tornados hatten wir früher nicht!"

P. Guthals, Passant

Die geheime Geschichte von Theodor Fontane

Eine kürzlich entdeckte, fest verschlossene historische Quelle – das komplette, erst von der Pfarrersgattin, dann von der Pfarr-Haushälterin ins Reine geschriebene und kommentierte geheime Beichttagebuch des Neuruppiner Stadtpfarrers Klumpen, Beichtvater und Seelsorger der Familie von Theodor Fontanes Urgroßvater, in ergänztem Deutsch, behutsam vereinfachter Rechtschreibung und mit kunstartigen Randzeichnungen von unbekannter kindlicher Hand – soll Theodor Fontanes Leben in einem völlig neuen Licht erscheinen lassen. Dass man erst mit diesem Buch den Menschen und Autor Theodor Fontane wirklich verstehen würde, versprechen die Entdecker, sei ihnen versprochen worden. Sowie das Beichtgeheimnis aufgehoben wäre.

Fontanes Stein ausgegraben

Schatzsucher in der Störtebekers-Kul bei Swinemünde – dem Ort, an dem sich im 14. Jahrhundert der berüchtigte Seeräuber Klaus Störtebecker, und im 19. Jahrhundert der junge Theodor Fontane gern versteckten – fanden den Stein, den der junge Theodor Fontane beim Versteckspielen einmal in den Schuh bekommen, wodurch er, aufheulend, sein Versteck selbst verraten. Darüber, ob ihn der Freund, der ihn gerade suchen musste, auch so gefunden hätte oder nicht, war er mit diesem damals in einen von der Fontaneforschung noch nicht abschließend untersuchten, aber bereits länger bekannten verbalen Streit geraten. Dem Stein wurde, nach gründlicher Reinigung, Untersuchung und Vermessung vom Bürgermeister sogleich eine kostbare Einfassung gestiftet, in welcher er in einer noch einzurichtenden Sonder-Abteilung des einzigen Swindemünder Museums – nämlich des berühmten Kautaback-Museums – dauerhaft ausgestellt werden soll zu Ehren des Neuruppiners, der sich in Swindemünde immer viel wohler gefühlt hätte, als in seiner Geburtsstadt, und dessen spätere Berühmtheit sich an dem Stein durchaus bereits bemerkbar machen würde, wie der polnische Litosoph Dr. hc. Petr Zbrmlzcski nach einer ersten Auswertung seiner Untersuchungsergebnisse schon verraten kann.

Nachhaltiger Jahreshut 2019

Die Deutsche Gilde der Hutmacher steuere ebenfalls nach, um die gesellige Damenschaft mit einem Fontane-Hut nachzurüsten, gab der Ost-Prignitzer Clubbevollmächtigte und ehrenamtliche Vorsteher des Ruppiner Begegnungs- und Fontane-Salons, Schneidermeister Lobel, am Wochenende bekannt. Der Hut werde allerdings so konzipiert, dass er ebenfalls zu Georg-Trakl-Wochen und auch im bevorstehenden Friederike-Kempner-Jahrhundert getragen werden könne. Farblich soll er mit jeder echten Dior-Damenhandtasche takten.

Neue Ehrenbürgerin

Die Katze Effi, die sich auf dem Hof der Löwen-Apotheke in Neuruppin herumtreibt, dem Geburtsort des berühmten Neuruppiner Dichterfürsten Theobold Fontane, wurde heute, an ihrem Wurftag, zur Neuruppiner Ehrenbürgerin ernannt. Sie verdiene sich den Titel täglich, sagte der Fahrer des Landesvaters in Vertretung, es gäbe keine treuere!

MAZ, 1.5.2019

Von Fontane lernen heißt laufen lernen

Heinz-Wolf Beisser, Ophthalmologe im Ruhestand aus Groß Kleinklein-Ausbau, sieht es im Alltag für viel praktikabler an, sich wieder mehr aufs Gehen zu verlegen. Nach seiner Pensionierung bot der passionierte Fontane-Leser bereits Wander-Kurse für Gleichgesinnte an. Seit diesem Jahr kann man bei ihm nun auch „Gehen wie Fontane" lernen – z.B. für längere Behördengänge oder Arztwege über Land.

Blackbox gefunden

Dem Terrier „Basti" der Ur-Stöllnerin Bertha Stube (Name geändert, da sie unerkannt bleiben möchte) verdankt die Fontane-Gemeinschaft den sensationelle Fund der bisher verschollen geglaubten Blackbox von Otto Lilienthals Unglücks-Flugapparat. Obwohl er eigentlich wisse, dass in Blumenrabatten zu buddeln Pfuipfui wäre, und er das das wirklich allererste Mal getan habe. Die Absturzursache des bis dato immer wieder ergebnislos untersuchten Apparates konnte damit nun endlich geklärt werden. Lilienthal war nämlich nicht allein gestartet, sondern hatte am Anfang auch noch den greisen Dichter Theodor Fontane mit an Bord, den dessen Flugbegeisterung jedoch gerettet hatte, wie den Aufnahmen der Blackbox zu entnehmen ist.

10.08.1896, 16:35 Uhr:

Theodor Fontane: Ick wer varückt, Otto, wir fliegn! Mann! Ick fliege! Hältst ja in'n Kopp nich aus! Un dit machste jehn Tach, Otto? Du Glücklicha! Kiek doch bloß ma, wie schnell wir sinn! Un wie die da winkn, die Hübschn, mit ihre Händchen! Huhu! Wink doma ooch! Hallo! Wattn, wollnse mit? Kommse ruff, junge Dame! Hier, meene … Aaa…Au…Au…Au…Au! – Hä? Hat der mir jetz runterjeschubst? Otto?

10.08.1896, 16:36 Uhr:

(Im Hintergrund äußert, von aufgeregten Damen umstanden, Fontane liegend weiterhin Unverständnis.)

Otto Lilienthal: Kann der eijentlich nie die Klappe haltn? Mann, wennick dit jewusst hätte! Der is ja ne Pla… He, watt'n jetz? Uah! Theo, steh uff, schnell, komm hoch, komm ßurück, ick bin ßu schief allee…!

(Krachen. Stille. Dann:)

Otto Lilienthal: Kinschtla!

Theologische Expedition

Eine Gruppe experimentell-praktologischer Forscher der Evangelischen Akademie Berlin ist heute zum frühen Nachmittag aufgebrochen, um den nach wiederholt geprüfter Exegese nun doch zu 98% sicher als weggeworfen zu betrachtenden Stiel des Apfels der Erkenntnis zu finden, da in ihm auch die DNS zum Verständnis des ungeschriebenen Werkes Theodor Fontanes enthalten sein soll. Was er noch hätte schreiben können, wird seit Jahren von einer Gruppe evangelischer Mystiker wörtlich notiert, und gibt zahlreiche Rätsel auf.

Der Verein zur Förderung des gemeinnützigen Lesens hatte, um die Leser in Jubiläums-Jahren wie dem Fontane-Jahr mehr an die jeweiligen Autoren heranzuführen, zu Jahresbeginn vorgeschlagen, dezentrale Veranstaltungen durchzuführen mit Mottos wie: Wer kann ohne Atemgerät die meisten Seiten aus dem „Stechlin" unter Wasser lesen? Eine nicht genannt werden wollende Windparkfirma bietet nun an, ein solches Wettlesen durchführen zu wollen. Und zwar aus „Vor dem Sturm", freischwingend an einem Kran.

Die Spielzeugfirma „Hosematz" möchte bei der allgemeinen Fontane-Ehrung nicht hintanstehen, und will ab dem nächsten Quartal den „Fontane-Würfel" in sein Sortiment für zahnende Kinder und Welpen[1] aufnehmen.

[1] *Um kinderlose Paare nicht auszuschließen.*

Fontane aus medizinischer Sicht

Der bekannte Fontane-Jäger und -Sammler, Dr. Dr. Dr. Butter, Oberarzt der Physiotherapie im Poliklinikum West, schrieb in „Knacks", dem Fachmagazin für Orthopädie und bessere Haltung, Heft 2 des fortlaufenden Jahres: „Theodor Fontane stützte sich bei seinen Wanderungen immer auf ein und denselben Stock, da er für die regelmäßige Anpassung einer Gehhilfe kein Geld ausgeben wollte. Obwohl die Kasse einen Teil der Kosten übernommen hätte. Deshalb lief er garantiert schief. Das sollte man vielleicht beachten beim Lesen!"

mpa

Geburtstag verlegt

Um die Kosten sowohl für die 200. Geburtstagsfeier Theodor Fontanes wie auch für die Große Silvesterfeier des zuende gehenden Jubiläums-Jahres finanziell in angemessenem Rahmen begehen zu können, wurde heute im Brandenburgischen Landtag parteiübergreifend beschlossen, Theodor Fontanes Geburtstag 2019 ausnahmsweise auf den 31.12., 23.40 Uhr, zu verlegen. Da 2020 Schaltjahr ist, wird er im nächsten Jahr automatisch wieder auf den 30.12. zurückspringen.

Küchen-Becker versteigert von Theodor Fontane signierten Kirschkern

Das Jubiläum des Dichters ist für Heinz-Hermann Becker gebührender Anlass, ein Einkaufsfest zu veranstalten mit Hüpfburg und Bratwurst am Spieß sowie der Versteigerung eines vom damals bereits berühmten Theodor Fontane signierten Kirschkerns. Der Genannte war auf einem Ausflug bei dem Urgroßvater von Küchen-Becker eingekehrt, und hatte, während er auf sein Essen wartete, sich die Zeit verkürzt, indem er sich mit dem Sohn des Gastwirts im Kirschkernweitspucken maß. Und weil er der Erste gewesen, der ihn darin schlagen gekonnt, fragte ihn der entthronte Spuckkönig, ob er ihm den Siegerkern wohl signieren könnte. Man erkennt auf dem Kern noch heute ganz deutlich das mit Tinte geschriebene Namenskürzel Teddy. Die Versteigerungssumme will Heinz-Hermann Becker für einen guten Zweck spenden.

Neustadt besitzt von Fontane eigenhändig signierte Melone

Die Neustädter Angel- und Heimatstube ist bereits seit 1890 im Besitz einer von Fontane eigenhändig signierten Wassermelone. Die Frau des hiesigen Pfarrers wurde auf dem Heimweg vom Wochenmarkt von Herrn Fontane angesprochen und gefragt, wo es diese Früchte gäbe. Da sie kein Papier dabei hatte, ließ sie sich die Melone signieren, die sie dann der Angel- und Heimatstube vermachte. Die Melone ist im Laufe der Zeit zwar etwas kleiner, aber nicht faulig geworden.

Der Salon der Neuruppiner Grundschullehrerinnen hatte vergangenen Freitag das Motto „Fontane". Man verkleidete sich entweder als Schreibfeder, Titivillus oder Tintenfass und setzte sich paarweise an die Tische. Zur Eröffnung hielt die Gastgeberin eine programmatische Ansprache:

„Es ist wichtig, sich Fontane auf eine zeitgemäße, nachhaltige Art zu nähern," sagte sie. „Im Interesse der Zukunft unserer Kinder.

Was würde es in diesem Zusammenhang bedeuten, wäre er Pfeifenraucher gewesen? Für wen, außer einem Schornstein, dürfte ein solcher überhaupt ein Vorbild sein?

Was hätte seine Emilie ihm auf die Frage: ‚Weißt Du, wo meine Pfeife ist?' wohl geantwortet?

A – Ist die nicht in Deiner Hose?

B – Aber rauchen kannst Du alleine?

C – Du kannst auch nach mir rufen?

Wir wissen es nicht. Auch nicht, ob sie ihm seine Fragen je mit einer Gegenfrage beantwortete.

Glücklicherweise lautete die Antwort Fontanes auf die Frage, was er vom Tabacke hielte: ‚Ich rauche nicht und ich schnupfe nicht und ich kann nicht mal ein Bedauern darüber aussprechen.'

Weshalb wohl, mit Blick auf die CO_2-Bilanz seiner Entstehung, zum Beispiel Fontanes Huldigungsgedicht für Kaiser Wilhelm I., den 1848-er Kartätschenprinz, dem „Revoluzzer" Mühsams im Unterricht eindeutig vorzuziehen sein sollte!"

Es folgte noch ein als Toast ausgebrachter, gereimter Geburtstagsglückwunsch, der den offiziellen Teil beendete.

Feuilleton/Feuilletine

Wer hat sich bei Fontanes „Die Nase von Bergerac" noch nicht verhaspelt?

Um künftigen Generationen den Zugang zu Fontane zu erleichtern, ist endlich eine Neuausgabe seines kompletten Werkes in einfacher Sprache, die alle mitnimmt, in Angriff genommen worden. Begonnen wurde mit genannter Ballade.

Wenn es bei Fontane noch heißt:

„Bauern und Büdner mit Feiergesicht standen ulkend um ihn herum. Einer fragte: Ist er wohl naseweis? Die Frage, oh, war beileibe nicht dumm. Die Holzpuppe vom Stiefel, die verlogen, ist er nicht, bezeugten, die da standen vor Cyranos Gesicht."

So heißt dieselbe Stelle jetzt:

„Kluge Bäuernde und Büdnernde waren um ihn herum zu finden/sich selbst findend. Eine/Ein Holzpuppe/Holzpuppe- rich/Holzpupperl mit Migrationshintergrund/Migrations- hintergründin/Migrationshintergründl, die/der/das sich wie alle benimmt/benommen wird, war er nicht."

Reim ist nur Schnickschnack.

Entdeckt

In den „Wiener Sonntagsblättern" vom 21. August 1848 entdeckte unsere Redakteurin einen Essay der romantischen Dichterin Lucie Lenz über die Literaten in Berlin.

Wir zitieren daraus im Folgenden in Auszügen, was sie zu Theodor Fontane geschrieben:

„Fontane wurde als Schüler immer von einem großen, kräftigen dicken Jungen aus seiner Klasse gehänselt.

‚Salatkopf!‘, rief der ihn, ihn, den Jungen, der Mädchen Liebesgedichte schrieb und im Unterricht die ganze Klasse mit seinem steten Nachfragen belustigte. Darum wurde vom kleinen Theodor das Wort Salatkopf damals aus seinem Wortschatz gestrichen. Als seine Mutter ihm eines Tages aber die Entscheidung darüber überließ, was sie einkaufen soll, ‚Radieschen oder einen Salatkopf?‘, da hat er schon als Kind begriffen, dass man Worte nicht verschenken sollte.“

„Für ein Bier entlieh Thodor Fontane einem ein Wort, wenn man ein Gedicht daraus verfassen würde. In meinem Gedicht ‚Die Kerze hat gebrannt‘ steckt auch ein Wort von ihm!“

Die Stadt Kyritz war fest entschlossen, der Fontane-Ehrung jenseits der A 24 ein würdiges Gegengewicht zu bieten. Die Einladung an Herrn Fontane zu seiner Geburtstagsfeier kam jedoch ungeöffnet wieder zurück.

La leçon d'écriture, écrivez avec zèle

NICHT ERSCHIENENE LESERBRIEFE

„Ich hatte zu meinem Jubiläum unsere ganze, riesige Familie eingeladen, und meine Kinder beauftragt, ihr Kinderzimmer aufzuräumen. Mittags schaute ich rein, und meine Augen füllten sich mit Tränen. ‚Jetzt stellt Euch doch bitte vor, was in einer Stunde hier los ist, wer hier alles reinschauen will! Wie Theodor Fontane sagen würde: *Zehntausend folgen, oder mehr.* Und, was sagt ihr dazu‘, fragte ich. Und was antworten diese Gören? ‚*Wer giwt uns nu 'ne Beer?*‘ Kriegen die in Deutsch denn gar keinen Respekt mehr gelernt?‘

Lisa Müller, Hausfrau

„‚*Alle Klosteruhren gehen nach*‘, sagt Theodor Fontane? Na, denn wara noch nich hier! Sollma herkomm! Wir sinn imma da! Hat sich nüscht vaändert!"

Bruder Michael, Abt des Klosters Hermichau

„Das heißt, dem Herrn Fontane hat ein Werkaninchen gebissen. Bein Vollmond wahr er ein weißes Kaninchen. Saß auf seinen Schreibtisch und knabberte alles an. Ich wirde ja eher sagen: Überstudiert!"

Johanna Jacobi, Toilettenfrau

„Unser Holländischer Aufkäufer der Dorf-LPG stand, 30 Jahre nach der Übernahme, vor den Besuchern seines Festes zu diesem Jubiläum und wies über die Maisfelder mit folgenden Worten: ‚Sehen Sie nur, wie die Halme stehen! *Die Natürlichkeit ist nicht nur das Beste, sondern auch das Vornehmste!* Ist Fontane auch nie hier gewesen – das eigene Land mit Fontanes Augen zu sehen, das gibt einem die rechten Worte dafür!'"

Egbert Kumpf, Dorfvorsteher

„Fontane hat die Bassewitz-Sage in seinen ‚Wanderungen' einfach nur wiedererzählt, ohne sie kritisch zu hinterfragen – so, wie etwa die Erzählung von der Katte-Hinrichtung. Deshalb hält sich seine Bedeutung für Kyritz in Grenzen."

Friedrich Koppel, ein bewußter Kyritzer

Alles, was ich geschrieben,
auch die „Wanderungen" mit einbegriffen,
wird sich nicht weit ins nächste Jahrhundert hineinretten,
aber von den Gedichten wird manches bleiben.

Theodor Fontane an Wilhelm Ludwig Hertz, 9.11.1889